生生せせ《しょうじょうせぜ》

胃がん摘出によって今少し
生き長らえることを許された男の記録

冨田和正

はじめに

私は、二〇〇〇年一〇月三〇日に胃がんによる胃の全摘手術を受けました。それから五年が過ぎ、一応はがんの再発の恐れがなくなり、ほぼ安全圏に入ったと言われる期間が過ぎ、少し安心感が出てきたところで、自分が過ごしてきたこの間の記録を残しておきたい、との思いが強くなり、記憶をたどりながら留めることにしました。書き始めたのは手術後五年九カ月を過ぎた頃でしたが、大まかに書き始めてから、細部にわたる事柄を徐々に記述することを進めてきて、もう一年半が過ぎようとしています。

私のがんの体験は、一方ではがん克服という希有な体験であろうと思われ、もう一方では「胃」をすべて除去しなければならなかったことによる「負」の体験もせざるを得なかったということから、記録として残しておきたかった、との思いもありました。

がんの再発の恐れがなくなったことは、目前に「死」という影が薄れてきたことになり、一種の安堵感を持つことになりましたが、七年間余りの胃のない生活は、想像以上に不快であり、不都合を強いられるものとなっています。その状況を記述するにあたっては、経験した者にしかわからないこともあって、日ごろ身近で接している家族に対しても、なかなか理解してもらえないことがありました。

この記録を留めるにあたっては、経験したことを何とかわかってもらいたいとの思いから、ストレートに表現したために、多少快く思われない表現になっているところもあるかもしれません。私の文章表現能力の限界もあり、申し訳なく思いますが、お許しをいただきたいと思います。また、医学の専門知識に疎《うと》いために、適切かつ正確な言葉遣いあるいは表現になっていないところもあるかと思います。この点についてもお許しをいただきたいと思います。

日本においては、不治の病と言われてきたがんに罹《かか》る人は近年非常に多くなってきており、統計の上からもがんが死亡原因の第一位であることは紛れもない事実となっています。一方では、医学の発達により、一命を取りとめるがん患者も多くなってきています。しかし、それはがんを早期に発見し、がん細胞を完全に除去もしくは消滅させることによって、一命を取りとめる場合がほとんどであり、がんの発生を止める根本的な予防法・解決法はないに等しいと言えます。がんは、生活習慣病の一つとして認識され、がんに罹らないために、日ごろの生活を送っていく上での注意点はいろいろ紹介されてはいるものの、がんの予防法として、「これぞ決定打」と言えるものは、いまだ明確にはなっていないようです。

結局は、定期的な健康診断を積極的に受け、がんの早期発見に努めて、初期段階でがんを除去もしくは消去し、治療していくことが一番肝要であろうとしか言えないようです。

2006年のお茶会にて。

もくじ

がんの宣告

二〇〇〇年一〇月一六日、日野市立病院（東京都日野市）の外科で森末淳先生から内科で受診した胃カメラ検査の結果、「この写真では胃の腫瘍《しゅよう》の疑いがあり、手術をしなければならないでしょう。」と告げられました。「手術を要する腫瘍とは、悪性なんでしょうか？」と問い掛けると、先生は、無言で頷かれました。

この日は内科で一〇月一三日に行った胃カメラ検査の結果を聞きに行くことになっていました。内科の先生から「胃潰瘍《いかいよう》のかなり進行したものであり、手術をしなければならないでしょう。手術となれば、外科の担当となりますので、外科に紹介します。」と言われました。最近は胃潰瘍で手術をすることはあまり聞かないが、と思いつつ、外科に回って診察を待っていました。おそらく、内科の先生は私の胃ががんに侵されているとわかっておられたのでしょうが、がんの告知によるショックを与えないようにとの配慮から、「重症の胃潰瘍」と告げられたのではないかと思われます。

当日は、あいにく手術が入っており、外科の先生方は手術に携わっておられたために、それが終わるまでの夕方四時頃まで診察を待つことになりました。あまりにも私の帰りが遅いのを心配して、妻の裕子が病院に様子を見に来ていました。そこで、森末先生から「がんの疑いあり」との宣告を一緒に聞くことになりました。

外科でも胃カメラによる精密検査をすることになり、一〇月一九日にその検査が実施されました。その結果、胃がんであることが確定的となり、一〇月二四日からの入院が決まりました。

がんであることを告げられても、不思議と気の動転はなく、「悪いものは取ってしまうしかない。」と、手術をすることがむしろ当然であるかのような思いになっていました。

私が五三歳と九カ月を過ぎた時点での、生命にも及ぶ、生涯の一大事ともいうべき出来事でした。

兆候

私の職場である中央大学では、教職員を対象とした定期健康診断が毎年九月末から一〇月初めにかけて実施されています。私は毎年受診していますが、一九九九年の健康診断で、「胃のX線間接撮影の結果が通常よりもちょっと変形しているので、病院での検査を受けるように。」との指導がありました。

私は、子どもの頃から胃腸はあまり丈夫な方ではなく、おとなになっても時折、近くの医院で診てもらっていました。そのかかりつけの医院で健康診断後の診察を受けましたが、特に異常もないとのことで、そのまま月日を過ごしていました。その医院で前年の一九九八年に受けた胃カメラ検査では異常がなかったので、この時は胃カメラ検査をせずに問診と触診だけで「異常なし」との判断をされたのだと思われます。

二〇〇〇年になって、胃の具合の良くない日が気にかかり始め、七月頃から胃痛が頻繁になりました。かかりつけの医院で診てもらって薬を飲んでいましたが、その薬の効き目が四~五日でなくなったため、医師は薬を変えてくれました。変えてもらった当初は痛みが治まっているものの、四~五日ぐらいでまたその効き目がなくなってしまいます。何回かそのような状態を繰り返しているうちに八月に入ってしまいました。この頃には胃に常に鈍痛があって、時には差し込むような痛みを伴ったり背中にまで痛みを感じるという、明らかに今までの痛みとは異なるようになっていました。胃に何か尋常ではない状況が生じているのではないかと思いつつ、あと一カ月後の九月末には職場での定期健康診断を受診する予定になっていることもあって、胃痛の繰り返す状態のまま日にちを過ごしていました。そして、九月二七日に健康診断を受けたのです。

健康診断を受けた翌々日の九月二九日に、この健康診断を実施している中央大学保健センターから呼び出しを受けました。あまりにも早い呼び出しに、やはり引っかかってしまったかと思い、保健センターに出向くと、「すぐに検査設備の整った病院で胃の精密検査を受けるように。」との厳命を申し渡されました。私の希望により、日野市立病院への紹介状を書いてもらいました。

ことの重大さを感じ、三日後の一〇月二日に日野市立病院へ行き、胃カメラによる精密検査の予約をし、一〇月一三日に精密検査を受けました。その検査結果を聞きに行って前段のがんの宣告を受けた、という経緯《いきさつ》です。

手術

一〇月二四日に入院し、一〇月三〇日に手術と決まりました。入院から手術までの約一週間の間、CT検査や胃の透視検査、大腸の透視検査等を受け、森末先生からはがんに関する説明や手術に関する説明等がありました。

検査の結果、「胃の三分の二程度を摘出すればよいでしょう。」との森末先生の説明でしたが、手術の結果、胃の全部を摘出することになりました。私の年齢を考慮し、がん細胞と疑わしきものが小さいながらも胃の中に点在していたことが全摘の決め手になった、との説明でした。執刀は、菊永裕行先生（現日野市立病院外科部長）、森末先生、そして大山先生の三人の先生方によって行われました。約五時間の開腹術による手術でした。

妻と三人の子どもたちは、摘出された私の胃を見せられ、説明を受けたということでした。がんに冒《おか》された部分とほぼ正常な部分とは明らかに異なっており、がんは見るからに硬い石のような塊と化し、ほぼ正常なところは柔らかく形も一定にならないくらいの肉の塊だったと話してくれました。私は手術後の麻酔からまだ覚めておらず、見ることはできませんでした。自分の胃をこの目で見ておきたかったなと、またとないチャンスを逃したような残念な思いがしました。

幸い、がんはリンパ腺や他への転移は見られず、胃のみに止まっていたことを森末先生からお聞きし、一安心といったところでした。

私の場合、がんが早期に発見されたケースかというと、必ずしもそうではなかったようです。森末先生によると、「年齢をかんがみて、がんの進行やがんの大きさから見ると、決して早期発見とは言えないでしょう。」とのことでした。がんの進行が遅く、他に転移していなかったことが、まさしく幸いしていた、ということになるのでしょう。もう少し発見が遅ければ、あるいは転移が始まって、面倒なことになっていたのかもしれません。

がんにもいろいろな種類があるそうです。私のがんは進行が遅いタイプのものだったようで、胃の中で発生したがん細胞がゆっくりした速度で広まって、胃の中でのみ大きくなりつつある時に発見されたものと思われます。

胃全摘後の症状と療養

（一）入院中

私に施された手術は、開腹による胃の全摘出術だったこともあり、一一月二六日に退院するまでの約一カ月間の入院が必要でした。

手術後は栄養剤や各種薬剤の点滴、腹部体液の外部への誘導管等が装着され、開腹部にガーゼや脱脂綿をあてがわれていました。このような状態にもかかわらず、手術部分の内臓の癒着《ゆちゃく》を防ぐために、早くから身体を動かすことが効果的であるとのことから、翌日から廊下を何回か往復するように看護師さんから強く言われ、実行することとなりました。開腹した傷口の部分には痛みも残っており、腰が引けてどうしても腰が曲がった状態での歩行となってしまいます。点滴を続けながらの歩行であるために、点滴液を下げる器具を引いての歩行移動は、ゆっくりと時間をかけてのものでした。

ほぼ毎日決まった時間に、手術の傷口にあてがわれたガーゼや脱脂綿を交換する等のいろいろな処置が行われて、日に日に手術による外傷部は回復していきました。

しかし、胃を全部除去していますので、当然食事が今までとは異なってきます。思ったよりもつらい経験をすることになりました。食事は重湯からお粥、柔らかいご飯となり、おかずも最初はペースト状のものでした。時間をかけ、ゆっくりと食事をし、固形物はよく噛み砕き咀嚼《そしゃく》して飲み込むことを意識して行わなければなりませんでしたが、それでも胸のところで食べたものが突っかかる感じが多分にあり、飲み込んだものを戻すこともたびたびでした。

体重は目に見えて減り、六三キログラムあったものが、五三キログラムぐらいになり、一〇キログラムも減ってしまいました。

（二）手術後一年目

退院後は、ほぼ四週間ごとに病院で検診を受けました。薬は細胞の増殖を抑制する薬、腸の動きを活発にする薬、便を柔らかくする薬、消化剤等が調合されて、毎食後に飲んでいました。

内視鏡による検査とＣＴ検査をそれぞれ一回受けました。内視鏡検査では食道の検査が主なものでしたが、後で触れる消化液の逆流による食道内壁の荒れが少し見られるほかは、ＣＴ検査でも特に異常は見られませんでした。

食事はたたかい

食事は柔らかいご飯に比較的噛みやすいおかずを心がけて妻がつくってくれ、それらを口で咀嚼して飲み込んでいました。ところが、食べたものが胸のところで突っかかり、食事の最中に戻してしまうことが多くありました。食道からじかに小腸につながっているために、食べたものが細い小腸に短時間ではスムーズに送り込めず、接合部分で詰まってしまうことによって起きる現象のようです。小腸が慣れてスムーズに飲み込んだものを受け入れてくれるまでには、何年かかかるようです。

　森末先生からは、「麺類、海藻類、キノコ類などは細かく調理するか、よく噛んで食べなさい。」と注意はされていましたが、食べるものの制限は特には告げられませんでした。食べたものを口でよく噛み咀嚼しないで、大きな固まりのまま飲み込んでしまうと、腸閉塞《ちょうへいそく》を起こすことになってしまいます。胃がある時はその蠕動《ぜんどう》により細かく砕いてくれたものが、小腸の蠕動だけでは細かく砕くことはできないために、それらが細い小腸に詰まってしまうからです。腸閉塞を起こすと再手術をしなければならない場合もあり、最悪の状態になると死にも到るという、大変なことになってしまいます。特に先の三種類の食べ物は、他の食物とは異なって水分を含んでもたやすく砕ける状態にはならないものであることから、小腸の動きだけでは細かく砕くことはできず、小腸内に詰まってしまうことが考えられるために注意を必要とする食物類に当たるものです。

今までは好物だった麺類や味噌汁は、鼻先に持ってくるとその匂いだけで吐き気を感じ、気持ちが悪くなるので、食べなくなりました。まるで妊婦さんと同じような状況になってしまったわけです。他にも、唐がらしやカレーの辛さはほとんど受け付けられなくなりました。食べるととたんに腸の動きが激しくなり、吐き気を催し、「オウェー、オウェー」といった状態になってしまいます。同じ辛さでもわさびの辛さは大丈夫でした。不思議なものです。おかげで、好きな寿司や刺身は食べることができました。ただし、よく噛んで食べなければならず、寿司や刺身本来の味を味わうことはできず、おいしさも半減してしまいました。

食事は私にとっては、今まで考えたこともないたたかいとなりました。食べ物をよく噛んで食べなければならず、時間をかけて咀嚼《そしゃく》して飲み込むことは、手術前の自分の意識の中ではあまり考えられなかったことです。胃の代わりに食物の咀嚼を口で行うということを意識しなければならず、咀嚼して飲み込んでも、食事をしている最中に吐き気を催すこともたびたびで、時には急いで便所に駆け込み吐き出すこともありました。食後にはお腹が張ってゲップを出そうとしても出ないで息が詰まった状態になり、苦しくなってしまうことが多くありました。満腹感を味わうなどという食後の満足感とは裏腹に、気分が悪くなってしまいます。それでも食べなければ生命の維持ができないので、好むと好まざるとにかかわらず食事をしなければならないといった、義務感にも似た心境でした。空腹感はほとんど感じることはなく、食事の時間がくれば半ば強制的に食事をするという状況でした。食後は決まってお腹が張り、鈍痛が生じて、気分が良くありません。三〇分程度は静かにしてお腹が落ち着くのを待っていなければなりません。食事をするごとに気分が悪くなってしまうような状態なので、食事は楽しみというよりは苦しみであり、食事中と食後の一定時間帯は不快な思いに耐えなければならないという、まさしくたたかいでした。

歯の管理が大事に

食べ物をよく噛んで飲み込むことが必須となったため、歯の管理が今まで以上に大事になってきました。私の歯は奥歯の何本かが虫歯になっており、それまでも治療をしてきていましたが、これ以上虫歯になるなどして歯を弱体化させることは、腸への影響が大きく、腸閉塞を起こすことにもなりかねず、延《ひ》いては生命をも脅かす事態にもなりかねません。手術後は、歯の具合が少しでも悪くなると、多少我慢ができる状態であっても、かかりつけの歯医者さんにすぐに行くようになりました。

消化液の逆流に悩まされる

胃を全部取ってしまい、食道がいきなり小腸につながっているために、食べたものを消化する間に溜めておくところがありません。おまけに、胃の入り口にある噴門《ふんもん》も除去されたので、食べたものの逆流が起きやすくなりました。噴門は、胃に送り込まれた食べ物を食道に逆戻りしないように閉めてしまうという役割を果たしています。それがなくなってしまったのですから、食べたものが逆流するほかに、胆汁《たんじゅう》や膵液《すいえき》等の消化液が逆流し、食道にさかのぼってくる時があります。個人差はあるようですが、私の場合はこの消化液の逆流がほぼ毎日のように見られます。消化液の強い酸なのかアルカリなのか（膵液はアルカリ性とのことです）、ともかく胸焼けがひどく、日によって程度の差はありますが、痛みを伴い、うっすらと血の混じった唾液を吐き出すこともありました。食道の内壁がこれらの消化液で侵されている現象です。まれに、この消化液が喉から口にまでさかのぼってきて吐き出すことがありました。消化液は鮮やかな黄色液で、その鮮やかな美しさとは裏腹に、吐き出すと同時に咳き込み、喉に激痛が走り、しゃべることもできず、しばらくは呼吸もままならない状態になります。胃酸による胸焼けとはおよそ比べものにならないくらいに苦しいものです。二度とこんな思いはしたくないという思いから、それを防ぐにはどうしたらよいかを真剣に考えるようになりました。

この消化液の逆流は食事中に起こることもあれば、食後に起こることもあります。寝ている時には身体を横にしていることから、物理的に消化液が逆流しやすい状態になって、特にこの胸焼け現象が多くなります。私は、少しでもこの逆流現象をなくすために、上半身を少し起こして寝ています（現在は、上半身に角度をつけることができるベッドを使用していますが、当初は布団の下に座布団などを敷いて上半身を高くしていました）。左を下にした場合が胸焼けの度合いが少なく、上向きや右下にした場合は胸焼けの程度が大きくなります。この上向きや右下にして横になった時には強烈な黄色液を吐き出すこともわかってきました。ともかくこれらの消化液が食道を逆流しないように用心していくことを心がけてはいますが、自分の意思で完全にコントロールすることはできず、全くなくすることはできません。胸焼けの程度は徐々に緩やかになってきてはいますが、軽い胸焼けは七年経った今もほぼ毎日といっていいくらいに起きています。左下を横にして寝ることを心がけてからは、消化液が喉から口にまでさかのぼってくることはほとんどなくなり、苦しい思いをすることもほとんどありません。しかし、寝る時には左下の体勢であったものが、目が覚めると上向きになっていることはしばしばあり、夜中に目覚めるとそのような体勢になっていることも多くあります。ちょっと油断すると逆流による苦しい思いをしなければならない可能性がありますので、横になった時は特に意識して身体の向きに気を付けています。

夜間に目覚めることが毎日に

入院中もそうでしたが、夜の就寝中に目が覚めることは毎日のようにありました。消化液の逆流を少なくするために左側を下にして寝るのですが、寝ている間に無意識のうちに仰向けになってしまい、消化液の逆流が起きて胸焼けを感じ、目が覚めてしまうという場合がほとんどです。左側を下にして寝ていても、消化液の逆流が全くなくなるというわけではなく、軽い胸焼けが起きることもあります。このような状態なので、ほぼ毎日のように、熟睡はできていないという状況でした。

便の状態が不安定に

便は固かったり下痢気味だったりで、不安定な状態でした。便秘気味の時もあれば、数日間順調に普通の便が出ていたのに、翌日には急に下痢になったり、切れ痔になるほどの硬い便であったりしました。腸の日々の状態によって変化していたようです。また、便の量を手術前と比較すると、食べた量の割にはずっと多くなっていることに気が付きました。これはおそらく、胃がある時とは違って、食べたものが充分には消化されないままに便となって出てしまうのだな、と感ぜざるを得ませんでした。下痢気味の便や、柔らかく三～五センチメートル程度の固まりの便がたくさん排出された場合には、便器の中に油分がたくさん浮かんでいることがあります。脂肪分の消化が充分に行われていないことの現れだと思われます。このような便の状態は七年経った現在もありますが、脂肪の消化・吸収が充分に行われないことが、かえって、脂肪分の体内蓄積につながらず、脂肪体質にならなくて済んでいるのかもしれません。

私の腸は五三年と九カ月間、胃とともに生活をしてきて、今まで胃で充分に捏《こ》ねられてきた食物をのみ受け入れていたのに、突然胃がいなくなり、食道から直接、充分に捏ねられていない食物が入り込むようになってびっくりしているのでしょう。おそらく、負担も多くなった腸は、時にはストライキを起こして動きが鈍くなり、食べ物の送り出しがスムーズにいかなくなって、お腹の調子が悪くなってしまうのかもしれません。ともかく、日によって腸の調子が変わり、体調に変化が生じるという日々が続きました。日を追うごとに段々に良くなっていくという実感は、ほとんどありませんでした。

晩期ダンピング症候群（低血糖現象）が時々に

時折、身体がふらつき、頭がボヤッとして目の前が白くかすみ、脈拍の乱れの起きることがあります。血液中の糖分が減少した時に起きる状態で、胃を全摘した人に見られる現象だそうです。専門的には「ダンピング症候群」と言われるもので、食後三〇分程度に現れる早期ダンピング症候群と、食後二～三時間に現れる晩期ダンピング症候群とに分けられます。私の場合は晩期ダンピング症候群に当たります。この晩期ダンピング症候群の現れる確率は胃の全摘患者の五パーセント程度で、ほとんど現れないもののようですが、私にはこの現象が現れています。

食道がじかに小腸につながっているので、食物が小腸に到達すると炭水化物の類が早く消化・吸収されます。そのために体内のインシュリンが他の消化液よりも早く排出され、他の消化液よりもインシュリンの量が目立つことにより「血糖値が低い」と認識される状態となって、低血糖現象が現れてしまうのだそうです。このような状態になった時は、すぐに糖分を補充しなければなりません。ビスケットを二、三枚食べると、しばらくして正常な状態に戻ります。ビスケットに限らず糖分の多いものを食べれば、追加された糖分がインシュリンを中和して正常になるのだそうです。私の場合は昼間でも軽い現象は見られますが、特に、夕食後の二時間ほど経った時に、このような現象が起きることがあります。昼間は仕事をして、身体を動かしたり頭を働かせたりしているので、いろいろ気を回し、このような現象に気付きにくいのかもしれません。反面、夜は家でのリラックスが気の緩みとなって、この現象に気付きやすくなっているのかもしれません。また、昼食と夕食の食べるものの違いによっても、起きる現象に程度の差があるのかもしれません。この低血糖現象は、しょっちゅうではありませんが、七年経った現在でも時折起こります。甘いものを好む私には、一生ついて回ることなのでしょうか。

早期ダンピング症候群は、胃の全摘患者の一〇〜三〇パーセントに見られる現象だそうで、糖分を少なく摂り、高タンパクや高脂肪の食物を摂るといった食事療法によって改善されるようです。

体重が大幅に減少

体重はますます減って、四七キログラムぐらいになってしまいました。手術前よりも一六キログラムぐらい減少したことになります。胃がないために消化作用が不充分で、栄養素が充分に吸収されないことによって、筋肉がつくられなかったり、脂肪が蓄積されないものと思われます。頬がこけ、手足も幾分細くなって、特にお尻の筋肉が落ち、ふっくら感がまるで認められなくなりました。

栄養剤を愛用

栄養素の充分な吸収が行われないことは、体力の衰えにもつながり、疲れやすく、あまり無理が利かなくなりました。むしろ、無理をしないようにとあらかじめ自分で予防線を張ってしまう傾向になっています。

食事による充分な栄養の補給がなされない状況の中で、体力を補うような栄養剤的なもの、手っ取り早く補給できるものなどを探し、人づてに聞くものも試したりしてみましたが、食べやすいもの、飲みやすいもの、抵抗なく食せるものにはあまり出会わなかったというのが正直なところです。

そんな中でも、栄養の充分な補給とまではいきませんが、それを飲むことによって、寝込んでしまうほどの風邪引きがなくなったものがあります。それは、朝鮮人参のエキスにタウリン二〇〇〇ミリグラムを加えたドリンク剤でした。朝鮮人参独特の苦味は処理され、とても飲みやすくなっているものです。埼玉に住んでいる妹夫婦が進めてくれたもので、一〇〇ミリリットル入りのものを毎日一本、七年を過ぎた現在でも飲み続けています。私の身体にうまく合っていたのでしょうか。栄養分の吸収が不足気味であるために体力が衰えていることは明確なのに、高熱を発して寝込んだり、咳き込んでしまうというような風邪を引きません。ということは、このドリンク剤が利いているのではないかと思っています。

このドリンク剤の入手は、妹を経由して行っています。どうして直接私が入手できないのか、その理由はよくわからないのですが、製造・販売は私の郷里（富山）のしっかりした薬屋さんで、一軒一軒を訪ねて歩く売薬の一種です。全国的にも名の知れた薬屋さんのようですが、どうもこのドリンク剤の販売エリアが私の住んでいる東京都にまでは及んでいないもののようです。

私のような手術後の体力が衰えている身体は、風邪を引くことによって風邪のいろんな菌が余病をも起こし、大きなダメージを受けることとなりかねません。相当の注意が必要ですが、注意をしていても風邪の進入は防げないこともあります。私にとっては、この朝鮮人参のエキスが入ったドリンク剤は体力へのダメージを引き起こす風邪を防いでくれていると思っているので、七年経った今もずっと愛飲し続けています。

（三）手術後二年目

病院へはほぼ四週間に一度通院し、ほとんど問診による診断で、身体の状況により薬が変わりました。ＣＴの検査と内視鏡による食道の検査が一回ずつ行われました。食道内壁の荒れは多少見られたようですが、他はほとんど異常がないとのことでした。

食事の状況は、相変わらずたたかいでした。「うまいな」と思って食べたことはなく、全くの義務感で口でよく噛み喉に流し込む、といった機械的な所作が私の食事でした。

便通は、前年よりも悪くなっている感じがしました。下痢の状況も相変わらずありましたが、特に便が硬くなる傾向にあり、毎日排便はあるものの硬く、時には固まった状態で、なかなか出てきません。時間がかかり、気候の暖かい時などは汗をかきかき、何とか排泄するという状態が続きました。

皮膚がかゆくなりかさかさに

術後一年目にはあまり見られなかった、皮膚のかさかさ感がこの頃から目立ってきました。手足、腰の周りがかゆく、かけば皮膚が白くフケ状に脱落していくという、乾燥肌と同じ症状が出てきました。年間を通じてこのような状態でしたが、冬場の空気が乾燥している時期は特にひどい状態でした。病院で塗り薬をもらい、かさかさになっているところに塗りましたが、かゆみは急には治まらず、かゆみ止めの効果はあまりないとは思いつつ、かさかさ感の解消には効いているという実感はありました。しかし、その効果も翌日にはまたかさかさ肌になってしまうもので、ほぼ毎日のように薬を塗らなければなりませんでした。

夏に目立って立ちくらみが

夏になると立ちくらみが目立って起きるようになりました。消化作用が不充分なために、栄養の吸収が不足気味となり、血液をつくる量が減ってきているのでしょうか、貧血の現れとしての立ちくらみが目立ってきました。その年の職場での定期健康診断の血液検査では、白血球数、赤血球数、ヘモグロビン、ヘマトクリット等がそろって低い数値を示し、「貧血傾向」にあるとの検査結果が出てしまいました。この「貧血」についても胃の被摘出者に多く見られる現象だそうです。

胃はいつ再生するの？

「胃を取っても、いつか胃ができてくる」と多くの人から聞いていましたので、二年目に入って、そろそろ胃ができてくるのかなと思い、森末先生にお聞きしたところ、「胃ができてくることなどはあり得ないです。世間では胃をとっても後でできてくるということがまことしやかに言われているが、永い間患者さんと接していてもそのような事例に出会ったことはありません。腸が胃のような働きをしていくのであろうと思いますよ。」と言われました。腸が胃のような働きをするようになるとは言っても、胃そのものではありませんから口で食べ物をよく噛んでから飲み込むことは相変わらず必要ですし、食後の安静も続けなければなりません。食べ物・消化液の逆流もなくなることはなさそうです。それまでは、「早く胃ができて今のような不都合・不具合がなくなり、以前のようにがつがつ食べることができるようになるのでは……」との期待が大きく膨らんでいましたが、その大きく膨らんだ期待も、はかなくしぼんでしまいました。

（四）手術後三年目

病院へは四週間に一度の通院が続き、ＣＴ検査と内視鏡による検査が一回ずつ行われました。これらの検査では特に異常は見られませんでしたが、心配していた事態が起きました。

それは、二〇〇二年九月一日夜半のことでした。ものすごい腹痛に見舞われ、異常な嘔吐が繰り返し起きたのです。夕食後、今までと同じようにお腹が張り、食べ物のつっかえ感があって、それがなかなか治まりません。二時間ほど経過した頃からお腹の痛みが強くなって、頻繁に嘔吐があり、こんなにも水分がお腹にあるのかと想像もつかないほどの量の水分を「ゲーゲー」と吐き出しました。腹痛も徐々に激しくなってきて、その痛みにはどうにも耐えきれず、午後一〇時頃に日野市立病院の夜間緊急診療を受けました。

夜間診療には当日の当番医であった内科の医師から「腸閉塞ではないかと思われます。」と点滴、投薬の応急措置をしていただきました。その間も、自分の意に反して、水分が遠慮会釈もなく口から吐き出されていました。二時間ぐらい経過した頃、応急措置の効果があって、腹痛と吐き気は多少治まりました。私が外科の外来患者であることから、「明日、かかりつけの外科外来に来てください。今晩症状が変わらないようであれば、入院になるかもしれません。」と言われ、一旦帰宅しました。吐き気と激しい痛みは治まりはしましたが、鈍痛は残っていて、その夜はほとんど眠れずに朝を迎えました。

翌九月二日、外科外来で診察を受けましたが、即入院となってしまいました。幸い手術には到らず、食事療法と投薬による治療により、六日間（九月七日退院）の入院で済みました。

腸閉塞には絶対ならないようにと食事には気を付けていたつもりでしたが、手術後約二年を経過しようとしたところで、多少の油断があったのか、よく噛んで飲み込まなかったものがあって、細い腸を塞いでしまったようです。

その他の状況はあまり変わらず、食事は生命維持のために摂らざるを得ないという相変わらずの義務感によるもので、楽しむというには程遠いものでした。

食事中から食後のつっかえ感は相変わらずあり、時には戻すこともありました。排便も固い便、下痢状の便が予告もなしにあって、腸の不安定な状況が続いていました。下痢の状態であれば、何の苦労もなく排泄できてしまいますが、固い便の排泄には苦労をともないます。出そうで出ない、このときの気持ちの悪さは何とも言いようがありません。ある時などは、指を突っ込み、固い便の塊《かたまり》を少しずつ掻きだすようにして長い時間をかけて出したこともありました。

皮膚のかさかさ感はその範囲が広まって、かゆみの程度も多くなってきた感じがありました。充分な栄養が吸収でき得ていないことが原因なのではないかと思っています。

(五) 手術後四年目

四週間に一度の割合で通院することが続き、ＣＴ検査と内視鏡による検査もそれぞれ一回ずつ行われました。特に異常は見られませんでした。

この頃も身体の状況は大きく変わることはありませんでした。腸の不安定さは相変わらずであり、食後は、お腹の突っ張り感があって、少し治まってからでないと安心して動けません。食物のつっかえ感も相変わらずで、時折戻すこともありました。便の状態も不安定で、柔らかい便、固い便がその時々に変化し、排泄に苦労がともないます。胸焼け感はほとんど毎日のようにあり、皮膚のかさかさも相変わらずでした。立ちくらみもあり、夏場に目立って多くあることも今までと変わりませんでした。

食事に対する義務感も相変わらずで、食後の満足感を味わうまでには到っていませんでした。

（六）手術後五年目

通院の割合は変わらず検査も同じように行われましたが、特に異常は認められませんでした。

この年の半年も過ぎた頃から食べるものに少し変化が出てきました。手術前には好物であった麺類は、胃がなくなってからほとんど食べなくなっていましたが、それらが食べられるようになってきました。もちろん、よく噛んで食べなければならず、「つるっ」とした喉越しを味わうわけにはいきません。それでも「うまい」と感じるようになってきました。食べやすいように、少し柔らかめに茹でますが、夏のそうめんは毎日食べても飽きないくらいにまでなってきました。日本蕎麦やうどんもおいしく食べられるようになってきました。残念なことに妻はあまり麺類が好きではないために、私が食べたい時に自分で茹でて食すことが多くなっていました。お蕎麦《そば》屋さんで食べることも楽しみとなってきました。同じ麺類でもラーメン類はスープの匂いがまだなじめなく、好んで食べるところまでには到っていませんでした。

この頃から、食事が自分にとって、苦しいものであるとかたたかいであるといった感じよりも、以前のように食物を味わうことの楽しみが少しずつ出てくるようになっていました。

しかし、食事中のつっかえ感や食後のお腹の突っ張り感は相変わらずあり、時には戻したりしていました。

低血糖の現象も時折ありました。この頃は夕食後の小腹の空いた頃に甘いものを食べると夜中によくこの現象が見られました。すぐにビスケットなどを食べて回復を図っていました。

就寝の熟睡度は相変わらずで、途中で目覚めることはほぼ毎日のようにあり、胸焼け現象が続いていました。

九月末の職場での定期健康診断で、蛋白尿が見られ、エコー検査によって腎のう胞、胆のう結石、前立腺結石等が見られる、との結果が出ていました。これらの結果は、がんに罹ったことと直接関連があるものとは思われませんが、年齢を重ねていく過程で見られる身体の変化であろうと思われます。

これらの結果の中の「蛋白尿」は、二〇歳代の後半頃から見られた症状で、腎臓機能の障害であろうとの判断から「慢性腎炎」と診断されていました。一時期は薬を飲んでいましたが、あまり症状に変化が見られませんでしたので、ある時点から何の措置もせず、今日に到っていました。これまでの毎年の健康診断では蛋白尿は認められていたのですが、胃の全摘手術後は、その蛋白尿も現れていませんでした。おそらく、消化作用の不充分さがタンパク質の体内への吸収にも影響してタンパク質不足になり、尿に混入する量がほとんどなかったのではないかと思われます。それが、体調の回復とともにタンパク質の吸収が多くなり、尿への混入量も増えて、「蛋白尿」という検査結果が出てきたのではないかと思っています。腎臓機能の回復につながっていればよかったのですが、そう都合良くはいきません。

腎のう胞、胆のう結石、前立腺結石等については、前年の健康診断でもその兆候はありました。この年度も見られましたが、身体的影響を与えるほどの状態でもなかったのか、定期健康診断を実施している中央大学保健センターからは特に注意を要する点として指摘されることはありませんでした。

（七）手術後六年目

手術をして五年が経過した後の一二月一四日の診察で、森末先生から「もう薬は止めましょう。診察ももっと間隔を置いてもいいでしょう。」と告げられて、次回、病院に行くのは翌年（二〇〇六年）三月九日のCT検査の時となりました。

薬は、それまで飲み続けていた細胞の増殖を抑制する薬と腸の働きを促す薬がなくなり、時折、胸焼けを起こした時に飲む、「マルファ液」という水薬は続けることになりました。この水薬は、胸焼けが起きた時に飲むと、大概の場合治まってすっきりし、楽になるという頼りになる薬です。

常時（毎食後）飲む薬がなくなり、食事がより一層楽しめるものと感じられるようになってきました。しかし、一回の食事時に食べる量は相変わらず多くはなく、すぐに満腹感を感じてしまいます。おいしいからといって量を過ぎると、今度は苦しくなり気分が悪くなってしまいます。そんな時は決まって胸焼

け も起きます。まだまだ気を付けなければならないな、と思いますが、ついつい量を過ごしてしまうことがあり、苦しい思いをしなければならなくなります。

われわれの世代は、育った時期が時期だけに、食べ物を残すのは「もったいない」との思いが強く、特に外食した時は、何とか出されたものはすべて食べようと、ついつい身体のことは考えないで食べてしまうことがあります。それでも、満腹になって、とても食べられないとなれば、残さざるを得ません。誰か連れ立った者がいれば食べてもらい、残してはもったいない、といったことをなるべくなくするよう、一種の自己満足に過ぎないとも思える充足感を味わっていることもあります。

今まで、辛い刺激性のもので食べられるものはわさびぐらいでしたが、カレーライスの辛味を押さえたものや、唐辛子も少しは食べられるようになり、マーボ豆腐やえびのチリソースなども少しは食べられるようになってきました。はやりの激辛ものはとても食べられませんし、食べようという気にもなれません。しかし、いつかはそれらも食べられるようになり、もっと食事が楽しいものになるように望んでいます。

食事をした後は、必ず、と言っていいくらい、お腹が張ります。そんな時は、ゲップが出るか、おならが出ると、お腹の張りが和らぎ楽になるのですが、おならの臭いが、前年までのそれとは比べものにならないほど強烈なものになっていました。すべての時ではありませんが、時々、おおよそ人間のものとは思えないくらいに、ものすごく強烈な臭いを発散する時があります。「おなら」で有名な動物が近くで敵を退散させる時にこのような強烈な臭いを発散させるのではないか、と想像させるくらいのものです。そばにいる妻は、もう耐えられないとばかりに鼻をつまみ、逃げ出そうとします。私は、「毒ガスだ。」と言って、その臭いのひどさを認め、その場を繕いますが、我ながら「この臭いは何なんだ」と思ってしまうほどに強烈なものです。妻にはもっともらしく、「便には普通の人以上の消化されていない栄養が残っていて、それを経由して出てくるガスだから臭いが強烈なんだろう。」と屁理屈にも似た、言い訳を言っています。

身体にも変化が現れてきました。体重が目立って増えてきたのです。五五キログラムまでに回復してきました。私自身は、体つきにそんなに目立った変化はないように思っていましたが、行きつけの床屋さんからは、「このところ首周りが肥ってきたね。ふっくらしてきているよ。」と言われました。首筋や頬にカミソリを当てているので、以前からの変化がよくわかるのだそうです。そう言われて、身体をよく見てみると、胸から胃のあったみぞおちの部分は少しへこんでいるくらいに痩《や》せているのに、臍《へそ》から下のお腹周りはふっくらして、胸の痩せ具合に比べるとかなり目立ってきたために、見ようによっては中年の下腹にも似た状態になってきています（とは言っても周りから見ると少し膨らみがある程度のものですが）。また、落ちていたお尻の肉が、少し戻って、丸みを帯び、やっとお尻らしくなってきているのも認められました。

胃を全摘した人はカルシュウムの体内吸収が充分でなく、骨が弱って骨折しやすくなる、ということをある本で読んだことがあります。そのカルシュウム不足が原因なのかどうかわかりませんが、足のひざの関節部分が、あぐらをかいて少しすると痛くなってくることがあります。カルシュウムの吸収不足で骨が弱ってきているのではないかと特に意識したことはありませんでしたが、関節の軟骨が年齢とともに減少してくることに加え、カルシュウムの吸収不足も影響しているのかもしれない、とも思うようになってきました。そこで目に付いたのが、カルシュウムの補給によいという「グルコサミン」でした。このグルコサミン入りの乳飲料を宅配で取ることにしました。これを飲み始めてから、ひざの痛みが和らいできていることに気が付きました。早速効き目があったのでしょうか。その真意はよくわかりませんが、変化があったのは確かなことです。

体重も増え体力の回復が見え初めて、夏の立ちくらみも今までよりは少なくなってきました。しかし、当年度の定期健康診断での血液検査では、これまでも見られた赤血球数、ヘモグロビン、ヘマトクリットなどの数値が基準値よりも低く「貧血」の結果が出ています。これを改善していかなければなりません。まだ栄養素の吸収が充分ではないことの現れでもあるようです。栄養素の吸収が不充分であるということは、逆の見方をすれば、栄養過多となって、糖尿病や高血圧などに罹ることはないと思われますので、それらの病気への心配はしなくて済みそうです。

余談ですが、アメリカあたりでは、肥満の人の治療法に胃を切除することがあるそうです。何だか無茶な治療法だなとも思いますが、胃を切除して消化作用をゼロにするか、よりダウンさせて、栄養素の体内吸収を抑えるためなのだそうです。しかし、その後の身体の管理には、私が経験したようなつらいものがあるものと思います。どちらが良いのかわかりませんが、肥満の人にとっては肥満からくるつらさに耐えられないがために、胃の切除もやむなしとの判断をされているのでしょう。まして、肥満が死につながったり命を縮める原因であることが明らかになっている場合は、胃の切除を選択せざるを得ないのかもしれません。

話を戻すこととして、他の健康診断の結果は前年度と同様、蛋白尿や腎のう胞、胆のう結石、前立腺結石等が見られました。さすが、今回ばかりは保健センターの健康診断を担当された医師からは、「健康診断の結果をかかりつけの病院の主治医に見せて相談してください。」と言われ、文書を手渡されました。今度、病院へ行くのは二〇〇七年一月一七日であり、術後七年目に入る時期となりますので、そこで触れることにします。

（八）手術後七年目

手術を受けてから六年が経過し、食事後のお腹の張り感は相変わらずあるものの、徐々に胸焼けの現象が少なくなってきました。胸焼けをしても程度はかなり軽いものとなってきています。その結果として、胸焼けが起きた時に飲むと効果のある水薬の「マルファ液」のお世話になることが少なくなってきました。また、この年の八月頃から、上向きに寝ていても胸焼けの現象が極端に少なくなっていることに気が付きました。少し安心して寝ることができるようになり、すごくうれしくなりました。しかし、黄色の消化液が逆流してくる恐れがあるとの不安はぬぐえず、まだ油断はできないな、と思い身体を左下にして横になることを心がけるようにしています。

便はほぼ普通の状態となり、硬くなって便秘になることはほとんどなくなってきました。時折、食べたものや食べ過ぎた時などに下痢気味だったり、柔らかい便が出たりします。しかし、腸がかなり安定してきていると感じています。おならの臭いの強烈なのは時々あり、そばにいる妻には相変わらず迷惑をかけ続けています。

皮膚のかさかさ感はかなり少なくなってきましたが、かゆみは時々起こり、ボリボリとかいてしまうことがあります。しかし、今までほどの目立った状態ではなく、少しずつ改善しているようです。

就寝時の目覚めはまだ毎日のようにありますが、本当にまれに一回も目覚めなかった日があるようになってきました。まだ数えるくらいしかありませんが、少しずつ状態が良くなってきているのではないかと思っています。

体重は五五キログラム以上にはならず、時折五四キログラムと一キログラム程度減っていることもあります。食べる物の種類は今までよりも少しずつ増えて、胃を取る前の状況に近づいてきてはいますが、一回に食べる量は増えませんので、体重の増加にはつながっていかないようです。

健康診断で見られた気になる現象について、二〇〇七年一月一七日の診断で、主治医の森末先生からは、前立腺結石については泌尿器科の診断を受けるように言われ、その日のうちに泌尿器科の診断を受け、二月七日に検査をすることになりました。病院での血液検査でも「貧血」の状態は見られました。

二月七日に前立腺と腎臓の超音波検査と静脈性尿路造影によるX線検査を受けました。結果は心配するほどの症状ではなく特に治療は要しない、とのことで投薬もなく、様子を見ることになりました。

四月一一日の検診では、森末先生が貧血気味であることを心配され、鉄分とビタミンの補給を点滴により行う措置をしてくださいました。これはしばらく続けることとし、ほぼ一カ月に一回のサイクルで行うこととなりました。この効果が早速あり、それまで見られていた立ちくらみが、ほとんどなくなりました。五月九日にも点滴を行い、次回の六月六日の血液検査で貧血の現象が治まっていれば、この措置をやめることにしましょう、ということになりました。しかし、六月六日の血液検査の結果ではまだ貧血の状況が改善されていなかったため、点滴を行いました。二カ月後の八月一日の血液検査では、貧血は改善されているとの結果を得ることができました。立ちくらみもほとんどなくなっていました。二〇〇七年の八月は暑い日が続きました。東京では真夏日と言われる、三〇度を越す日が連続一七日間続き、二六日にも及ぶ真夏日を記録しました。そのうち三五度以上の猛暑日が六日にもなりました。このような時は立ちくらみが多く起きるのですが、思ったよりも少なく、急に立った時に少しフラッとすることがまれにありましたが、今までの夏に見られたような、目の前が暗くなってしまうような状況とは異なっており、血液の状態が良くなってきているな、との実感がありました。

しかし、「貧血」は今後も見られる可能性が考えられますので、健康診断での血液検査や立ちくらみ現象が現れた時には注意していかなければならないと思っています。

職場復帰

二〇〇〇年一〇月二四日に入院し、一〇月三〇日の手術を経て、一カ月と二日後の一一月二六日に退院しました。その後しばらく自宅で療養し、一二月一一日から職場に復帰しました。約一カ月半職場を離れていましたが、体調が完全に回復した状態ではないために前と同じペースでは仕事も進められず、職場のみんなには入院中も含め、かなりの迷惑をかけてしまいました。

職場は入院と退院後の自宅療養で、長期間にわたって休暇を取らざるを得ませんでしたが、幸い年次有給休暇が昨年度繰越分もあったので、この年次有給休暇の範囲内で収まり、年度が終わってみると、まだ四日間の残日数がありました。職場復帰してからは体調が思わしくない時も時々ありましたが、前述しましたように、二〇〇二年九月に腸閉塞を起こして六日間入院し休まざるを得なかった時以外は、今回の病気の治療・療養のために長期に休暇を取ることはなく、今日までほぼ順調に過ごすことができています。大学の事務職員という、デスクワークが比較的多く、体力の消耗が顕著となる夏期に休暇が多少多く取れることが、体調維持の助けになっているものと感じています。

仕事

私は、胃がんによる全摘手術を受けた時は中央大学国際交流センター事務室の所属で、事務長の役職を担っていました。事務室の業務内容は、学生の留学に関わる業務では外国人留学生の受け入れや日本人学生の海外留学派遣などであり、教員の研究・教育活動に関わる業務では国際会議等への派遣・外国人研究者の受け入れなどです。それらの業務遂行のために、国外の大学や研究機関との国際交流協定の締結等の業務も行っていました。

外国人学生のための日本留学の紹介をする国内外でのフェアへの参加、世界中の大学や研究機関が交流をするきっかけを持つフェアへの参加、具体的な交流協定を締結するための海外への大学や研究機関の訪問等、海外への出張が二〇〇三年度から二〇〇五年度にかけて多くあり、海外の大学との交流協定が飛躍的に伸びました。事務室内の事情もあって、私が海外出張をする機会が多くなっていました。正直言って、体力的にきついものがありました。しかし、このときに国際交流センターの所長をされていた、商学部の林田博光教授（二〇〇〇年度～二〇〇二年度）、そして林田教授の後任で理工学部の小林一哉教授（二〇〇三年度～二〇〇五年度）には大変にお世話になり、またご迷惑をおかけしましたが、一緒に海外へ行かせていただくなどの仕事をさせていただき、その時の海外でのいろいろな経験が、貴重な体験ともなって、業務上も大いに役立つこととなりました。また良い思い出づくりにもなり、感謝しています。

手術後の海外出張を列挙しますと以下のようになりますが、予定していたものでキャンセルせざるを得なかったものに、二〇〇二年九月にポルトガルのポルト市で開催された「日本留学フェア（大学間交流促進プログラム・欧州）」があります。それは、前述のように腸閉塞《ちょうへいそく》で入院し、治療していただいたためでした。

・二〇〇一年九月二一日～二四日　――　［台湾］日本留学フェア（台北市）
・二〇〇二年五月九日～一四日　――　［ドイツ］ヴュルツブルク大学（ヴュルツブルク市）
・二〇〇二年一〇月二九日～一一月二日　――　［ベトナム］日本留学フェア（ホーチミン市）
・二〇〇三年三月一四日～一六日　――　［中国］清華大学、中国人民大学（以上、北京市）
・二〇〇三年九月一〇日～一九日　――　［オーストリア］日本留学フェア（大学間交流促進プログラム・欧州）（ウィーン市・ウィーン大学）、［ドイツ］ヴュルツブルク大学（ヴュルツブルク市）
・二〇〇三年一一月二三日～三〇日　――　［中国］北京大学、北京理工大学（以上、北京市）、大連大学（大連市）
・二〇〇四年五月二三日～六月六日　――　［米国］日本留学フェア（大学間交

流促進プログラム・米国）（ボルチモア市）、マサチューセッツ工科大学（ケンブリッジ市）、レイクフォレスト大学（レイクフォレスト市）、イリノイ州立大学（ノーマル市）、アリゾナ大学（ツーソン市）
・二〇〇四年八月二四日〜二七日　――［中国］浙江大学（杭州市）
・二〇〇四年九月一四日〜二〇日　――［イタリア］日本留学フェア（大学間交流促進プログラム・欧州）（トリノ市）
・二〇〇四年一一月一一日〜二一日　――［米国］ベネディクティン大学（ライル市）、カリフォルニア州立大学モントレー・ベイ校（シーサイド市）、パデュー大学（ウエスト・ラファイエット市）、インディアナ大学パデュー大学インディアナポリス（インディアナポリス市）、マサチューセッツ工科大学（ケンブリッジ市）
・二〇〇四年一一月二三日〜三〇日　――［ベトナム］日本留学フェア（ハノイ市・ホーチミン市）、ハノイ国民経済大学（ハノイ市）、フエ大学（フエ市）

・二〇〇五年五月一九日～六月三日　――〔米国〕日本留学フェア（大学間交流促進プログラム・米国）（シアトル市）、セント・トーマス大学（ヒューストン市）、ボストン大学（ボストン市）、ミシシッピー州立大学（ミシシッピーステート市）、カリフォルニア州立大学ロサンゼルス校（ロサンゼルス市）

約三年八カ月の間に一二回の海外出張に出掛けたことになります。七カ国で延べ二八都市、九七日間に及びました。特に二〇〇四年度は多く、一一月にはアメリカ合衆国から帰国して一日を置いてベトナムへ出掛けるというハードなスケジュールでした。今にして思えば、よくぞ体調を崩すことなく無事にこなせたな、と思っています。これも国際交流センターの所長や事務室スタッフの協力のおかげであると感謝しています。

二〇〇五年七月一日の職員定期人事異動により、私は希望通り図書館へ異動となって古巣へ戻りました。

私が中央大学の職員に採用されたのは、一九六九年四月一日で、それ以来約四〇年間中央大学職員一筋の道を歩んできました。最初に配属された職場が図書館でした。二年半後の一九七一年九月一日（当時は九月一日が職員の定期人事異動の時期でした）の人事異動で他の部署に異動となり、一九八一年四月一日にふたたび図書館へ異動となって、一六年後の一九九七年七月一日にはまたも他の部署へ異動となりました。それから八年後の二〇〇五年七月一日に図書館へ戻って古巣に落ち着いた、ということになります。

私にとっては図書館は職員生活では一番永い期間を過ごしており、かつての職場ということもあって、大病後の仕事場としては身体的にも精神的にも安定できる状況になった、と安堵しています。

中央大学図書館は、二〇〇七年度と二〇〇八年度の二カ年、私立大学図書館協会（加盟館が全国で五〇〇校余りの組織）の会長校という重責を担うことになりましたが、幸いスタッフにも恵まれ館内の体制もできましたので、その責務を遂行でき得るものと思っています。

中央大学の職員の定年は六三歳ですが、それまではこの職場で無事に勤め上げたいとの希望を持っています。

2005年11月7日、姫路城にて。

日野市の仕事

私は一九九八年（平成一〇年）九月五日から二〇〇三年（平成一五年）九月二九日までの約五年間にわたり、居住地である日野市の教育委員を務めさせていただきました。

中央大学に勤務しながらの務めであり、必ずしも充分に務め得なかったのではないかとの反省はあるものの、本務が場所的に近かったこともあって、車を使っての短時間の移動が可能であり、また、年次有給休暇を大いに活用して教育委員の務めをさせていただいた、との思いがあります。

任期途中のがんの罹病《りびょう》であったために、ここでもご迷惑をかけてしまいましたが、ともかく任期までは何とか務めさせていただけたことに対し、他の教育委員の方々や、市役所の教育委員会の方々に感謝しています。

　教育委員を務めさせていただいたことにより、日野市立の中学校、小学校、幼稚園を中心とした教育行政に関わらせていただき、日本の教育に見られる様々な問題、課題を目の当たりにし、日ごろ仕事として大学の教育・研究に関わる者として、子どもたちの中等教育までの教育がいかに大事であるか、そして、そのことが高等教育にも大きく影響していくものであるということを実感させられるとともに、日本の教育政策が国の将来を担う人を育てるための教育にきちんと適合しているのかを考えさせられる機会ともなりました。

中央大学ＯＢ会との関わり

中央大学には卒業した人たちの組織として、「中央大学学員会」があります。これには政界、経済界、司法界、卒業年次、居住地等による支部が設けられており、私は卒業年次と居住地の支部に所属し、役員をさせていただいています。

ここでも胃がん罹病により、メンバーの方々にいろいろご心配をおかけしご迷惑もかけましたが、逆に心からの励ましを受け、感謝しています。

（一）年次支部

私は中央大学を一九六九年（昭和四四年）三月に卒業しましたので、学員会の支部組織は「中央大学学員会白門四四会支部」となり、結成当時から関わっています。

私が卒業した昭和四四年三月は学園紛争の激しい時期であり、卒業式は行われませんでした。翌年の昭和四五年三月も卒業式は行われず、この二期の卒業式は卒業後二〇年と一九年を経た、一九九〇年（平成二年）三月二五日に「よみがえる卒業式」として実現し、駿河台から移転して一二年後に多摩キャンパスで行われました。この「よみがえる卒業式」は実施当時、横浜銀行に勤務し、中央大学の担当でもあった昭和四四年三月卒業の松木茂氏が大学に対し強く要望し実現したものでした。

「よみがえる卒業式」を機に学員会の支部組織が結成されることとなり、昭和四四年と四五年に卒業した人たちの合同の支部として「中央大学学員会白門四四・四五会支部」が発足しました。しばらくはこの二年間の卒業生による合同支部で活動していましたが、その後、それぞれ組織を独立させました。しかし、活動の多くは今でも合同で行っています。

私は、現在、この四四会支部の会計役員として携わっており、種々の活動に参加しています。

（二）地域支部

私が住んでいる東京都日野市に「中央大学学員会日野支部」が結成されています。中央大学の卒業生で、日野市に住んでいる人や勤務している人で組織されている支部です。

支部の活動の一つに年に一回開催される、「中央大学学術講演会」があります。これは、時宜に適ったテーマを選び、中央大学の教授に講演をお願いし、地域の方々に参加いただき、交流を深めていこうというものです。日野市教育委員会の後援を得て開催しています。
私は、現在、この日野支部の会計監査役員を仰せつかっています。

習い事・趣味

私はいろいろなことに興味を持つ方で多趣味な方ですが、今は以下のようなものに興味を持って余暇を楽しみ、また自己啓発・向上に心がけています。

私が今回のようにがんに罹った状況の中で、これらの趣味を持っていることが病気によって滅入ることがあっても、その解消にはかなり有益であることを実感させられた思いがします。

（一）茶道

約七年前、がんに罹《かか》っていることが判明する前に、私と同じ職員の加島幸江さん（二〇〇六年三月に定年退職された）が表千家の師匠資格を有され、教えていらっしゃることを知って、長女の亜希と一緒に弟子入りしました。

亜希は高校時代に茶道部で裏千家を学んでいた経験もあり、比較的にすんなり入れたようですが、私は初めての経験でもあり、五〇の手習いということもあって、なかなか覚えられません。お弟子さんには中央大学の学生や若い方も多く、その方々の覚えの早いのには驚くと同時に、私のような年齢を重ねた者の覚えの悪いのには、今更ながら愕然とさせられる思いがしています。

加島先生の方針で、毎年開催される「加島社中お茶会」には稽古の期間の制限もなく弟子のほとんどが参加させていただき、お点前《てまえ》もさせていただいています。そのことによって、お点前の稽古に取り組む姿勢により真剣味が出てきます。おかげで、ここに来てやっとお点前の流れがわかってきたかなというと

2005年度のお茶会にて。

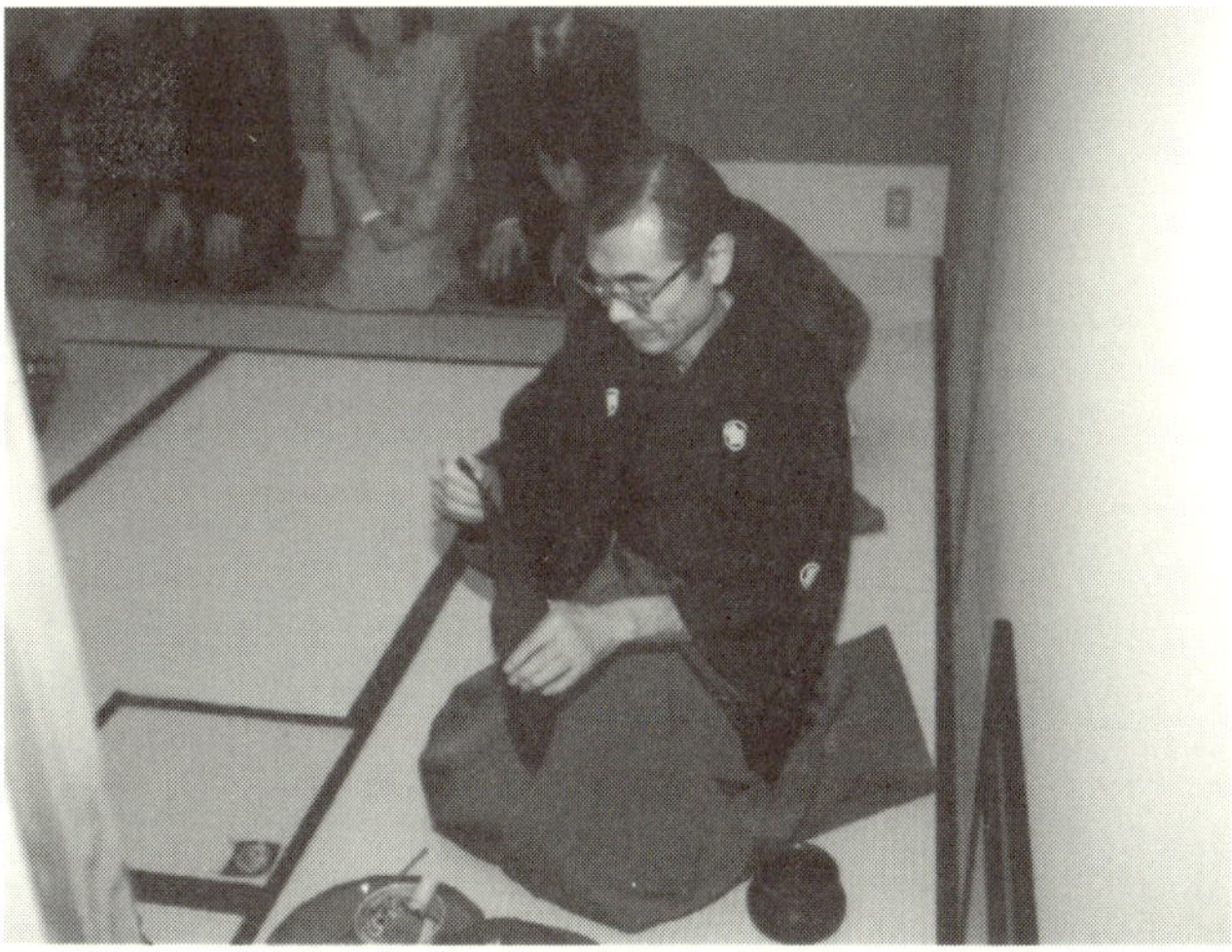

ころまできました。

茶道は「わび」「さび」といった日本の伝統的な文化の代表格でもあり、実際に習ってみると非常に深いものがあります。また、他方では合理性に富み道理にも適ったものであることを感じています。私のような凡人にはとてもその真髄を解することは不可能であると思っていますが、少しでも日本の文化に触れて、その輪郭のようなものを知る機会が得られたことに感謝しています。

この茶道を習っていたことが仕事の面でも役立つこととなりました。

前述しましたように、私は中央大学で国際交流センターの仕事をしていましたが、海外の大学からのお客さんに「ティー・セレモニー」としてお茶を点《た》て、召し上がっていただくことを行いました。これには加島先生にご尽力をいただきました。何人かのお弟子さんを動員していただき、お弟子さんの中の中央大学の学生に和服姿でお茶を点て接待していただきました。特に女子学生の和服姿には外国のお客さんからは好評でした。中央大学にはお茶室が独立した和風の建物として構内に建てられています。このお茶室は、元総長であった高木友之助先生（故人）の発案で建てられたものです。

海外のお客様にはこの「ティー・セレモニー」は大変喜ばれ、日本の文化にじかに触れることができたことに強い印象を持たれたようです。特に中央大学構内で行う大学の職員と学生によるおもてなしが、非常に有効なものであり、外国のお客様に強いインパクトを与えたものと思っています。

また、交換留学生を主体とした短期集中コースの中で、日本文化を体験するプログラムの一つに茶道を組み込み、加島先生の指導で実施しました。これも留学生には好評でした。

（二）音楽鑑賞

私は中学・高校時代はブラスバンド部に入って、トロンボーンをセクションとしていました。中学校では創部と同時に入部しました。指導されていた先生が熱心で、コンクールにも出場しました。当時はまだブラスバンド部を有している中学校が少なかったせいか、県大会で入賞するまでになりました。一〇年ほど前には何年か連続して全国大会にも出場し、良い成績を収めるくらいに優秀な部になっていたようです。高校では進学校ということもあって、指導する先生もいなく、生徒がほとんど勝手に練習し、まとめ役の上級生の指示で活動をしていました。スポーツ部の対外試合で、応援の音部門を受け持っていたという状態で、技能の向上を図るには程遠いクラブ活動でした。

音楽は比較的若年時代から好きでしたが、私がクラシック音楽に興味を持ち始めたのは高校生の時です。同じクラスにクラシック音楽の好きな生徒がいました。その程度は並大抵ではなく、レコード（今はコンパクトディスク）もたくさん持っていて、指揮者や演奏者の知識たるや音楽評論家にも匹敵するのではないかと思わせるくらいでした。彼の影響で、私のクラシック音楽への興味はどんどん募っていきました。彼は立派なステレオ装置を持っており、時折、バイクを運転して、七〜八キロメートルほど離れた彼の家まで聞きに行きました。私はそんな彼がうらやましくて、何とかステレオ装置やレコードを持ちたいと思っていましたが、家庭の事情が許さず、小遣いを貯めてステレオになるような端子が付いた卓上のプレーヤーを買い、スピーカーを別にもう一つ買って端子につなぎ、何とかステレオが味わえるようにしていました。しかし、音質は悪く、満足のいく装置ではありませんでした。レコードも少しずつ買っていましたが、当時はステレオ盤はまだ高く、最初はモノラル盤を買って聞いていました。モノラル盤とステレオ盤では音質や迫力に大きな差があり、ステレオ盤が欲しくてたまりませんでした。当時買ったレコードは捨て難くいまだに持っています。

　私にクラシック音楽への興味を抱かせるに大きな影響を与えてくれた高校時代の友達とは、卒業後はほとんど交信していない状況でしたが、最近発行された出身高校の名簿で、物故者に名前が掲載されていました。私たちの年齢からして、あるいはその死因は病気であり、がんではなかったかと思われますが、がんであれば少しでもお役に立てる話もできたのではないか、との思いとお悔やみの機会がなかったことに誠に残念な思いがしました。

　社会人となり、自分でお金を得るようになって初めての暮れのボーナスで希望通りのステレオ装置を買いました。それまでの反動ともいうべきか、ヤマハのかなり高いものを買ってしまいました。当時私が買った装置の金額では、現在でもかなりの装置のものが買え、普通の装置であれば二〜三台は買えるのではないかと思います。このときに買ったステレオ装置は三七年経った今もレコードプレーヤーを除いて現役で活躍しています。

　私は約四〇年前から音楽鑑賞団体である、民主音楽協会（略して「民音」）

の会員になっています。毎月のプログラムの中で、クラシックのコンサートがかかると大概出掛けて行きました。しかし、一〇年ほど前からクラシックのプログラムが少なくなって、寂しい思いをするようになってきました。そこで、読売日本交響楽団のいくつかあるプログラムのうちの「東京芸術劇場名曲シリーズ」の年間会員となり、一年間でほぼ毎月の一一回、生演奏を楽しんでいます。がんの手術後は半年ほど行きませんでしたが、その後はほとんど聞きに出掛けています。

私はベートーヴェン、ブラームス、チャイコフスキー、ドボルザークといった、クラシックファンならば多くの人が好みとするオーソドックスな作曲家の交響曲、協奏曲（ピアノ、ヴァイオリン等）等を比較的好んで聞いています。他には、ベルリオーズ、メンデルスゾーン、マーラー、ショスタコービッチ等、曲目によっても他の作曲家の曲を聴きます。

入院中はポータブルCDプレーヤーとCDを持ち込んで、かなりクラシックを聴いていましたが、なぜかブラームスの曲を持ってきておらず、非常に聴きたくてたまらなくなり、長男に頼み、家からヴァイオリン協奏曲と交響曲を持ってきてもらったことを覚えています。

クラシックのほかには、最近よくＣＤで発売されている六〇年代のポップス集や歌謡曲の廃盤集など、若かりし時代によく耳にした曲も時折聴いています。団塊の世代でもある私たちの青春時代の曲を懐かしい思いで聴いています。

（三）歌舞伎鑑賞

日本の伝統芸能の代表格である「歌舞伎」に興味を持って、もう二〇年ぐらいにはなると思います。年間で七～八回は見ています。国立劇場で時折開催される「歌舞伎鑑賞教室」にも出掛けて行きます。これは歌舞伎の鑑賞の仕方などを比較的わかりやすく解説し、若手の役者による演目も企画されているものです。

歌舞伎は世界でも類を見ない総合芸術だと思います。お芝居、音楽、舞踊、衣装、舞台の装置や遠近法を取り入れた背景画、照明等すべてにわたり、よく考え抜かれたすばらしい芸術だと思います。

がんに罹り、入院やその後の体調によってしばらくは見に行くことができませんでしたが、一年を経過した頃から出掛けています。国立劇場の通し狂言には大概出掛けます。前述しました鑑賞教室や正月の浅草歌舞伎にも出掛けることがあります。歌舞伎座や新橋演舞場での公演は時折出掛けますが、ひと頃よりは少なくなっています。

いまだによくわからないところはたくさんありますが、結構楽しんで見ています。

(四) 囲碁

囲碁に興味を持ったのは、社会人となって中央大学に勤め始めた頃です。職場の囲碁部に入って、先輩の職員に教えてもらいながら、部内での大会にも参加していました。最初の頃はわからないままに打っていてもそれなりの成績を上げていましたが、ある時点からはなかなか上達しません。それというのも真剣に取り組んでいないからだと思われます。碁は定石をある程度マスターしないと強くなれません。また、打つ手の何石も先を読まないと相手には勝てません。これらを厭《いと》わないで思考する癖をつけることが大事で、ちょっとでも面倒に思って充分思考することがないと上達していきません。いろいろな手があって、一つの手から次へ展開していく手が幾通りも考えられ、適切な手を見いだすことがなかなかできません。考えてもわからないことが多く、結局適当に打ってしまい、負けてしまうことが多くなってしまいます。碁の本や新聞のプロの対局などで、自分で思考したり、対戦者を見つけて対局を多く経験したりすれば、徐々に強くなっていくものと思われますが、なかなかその機会を持つことができていません。

　最近は、前述しました中央大学学員会白門四四会支部と四五会支部で囲碁の同好会ができましたので、そのメンバーと対局の機会を持つことができています。一〇名ぐらいですが、一年間かけて対戦し、勝ち数によって順位をつけ表彰もしています。この対戦の時ぐらいしか碁に接することがないため、私の棋力は一向に上がっていきません。強くなりたい願望はあるものの、そのための努力を怠っているために強くならないのは当然とも言えます。思考の機会をより多く持って、何時かはこの支部同好会で優勝するぞ、との目標を胸に抱いています。

以上のほかにも「写真」や「切手収集」などに熱を上げていた時期もありましたが、最近はその熱も冷め、遠ざかりつつあります。

家族

私たち一家は、私と妻、それに二人の男の子と二人の女の子の六人家族でした。

私ががんに罹《かか》ってから、五年間に以下のような大きな変化が私たち六人の家族と親族の中に起こりました。喜ばしいこと、悲しいことがありましたが、特に二男の死という悲しいことが私の精神面・肉体面への悪影響をもたらすこともなく、身体の順調な経過をたどったことは幸運ともいうべきものでした。

・二〇〇二年三月二四日、長女亜希が齊藤典宏君と結婚

・二〇〇二年一二月三日、二男健夫が死亡
・二〇〇三年七月一四日、妻裕子の父、米島久次郎が死亡
・二〇〇四年九月一一日、二女智香が三浦邦陽《くにあき》君と結婚
・二〇〇四年一二月一七日、私の父、冨田磯松が死亡
・二〇〇五年八月六日、妻裕子の母、米島とし子が死亡
・二〇〇五年九月二三日、長男和裕が藤《とう》有紀さんと結婚

（一）二男健夫の死

この子は母親のお腹にいる時に羊水が濁った状態となり、生まれた時には汚物が肺の内部に張り付いていたことが原因で肺呼吸が正常にできなく、呼吸困難となって産声も上げられず、出産した産科医院では措置ができなくて、すぐに施設の整った病院に救急車で搬送されたものの、肺呼吸の遅れが脳細胞への酸素供給不足となり、重度の障害を負う結果となってしまいました。この子に

は「脳性麻痺《のうせいまひ》」の診断が下されました。

運動障害と言語障害が起き、寝たきりとなって、言葉もしゃべれない不自由な身体になりました。妻がほとんど付きっ切りで世話をしなければなりませんでした。都立の養護学校にお世話になり、あと一年四カ月で高等部を卒業するという一七歳の時にその短い生涯を全うしました。

健夫が生まれて、すぐに搬送された病院の医師からは、「先ず二週間が山であり、命を取りとめたとしても大きな障害が残るでしょう。それを覚悟しておいて欲しい。」と告げられました。健夫は肺を汚物の除去のために洗浄され、鼻や手に細い管が装着されて保育器に入れられました。生まれたばかりの赤子に細い管が装着されている姿は、見るからに痛々しいものでした。妻はまだ産科に入院中であり、そのことはすぐには言えない状況でした。私は健夫が入院している間、妻からの母乳を病院に届けるのが日課となっていました。幸い命は取りとめることはできたものの、このような赤ん坊に大きな障害が起きてこようとは、表面だけからは感じられませんでした。

健夫の食事は一二歳ぐらいまでは自力で飲み込むことができていましたので、あらかじめ飲み込みやすくした流動状に砕き、練りこんだ食物を口から与えていましたが、身体の成長にともなう喉の骨の発達が、気孔や食道を狭め、食物を喉から自力で飲み込むことが困難となってきました。胃に達するまでのチューブを使って液状の栄養剤を流し込むこととなり、このチューブを使っての食事の方法は医療に従事している者か親族の者には許されますが、他の人たちには許されていないとのことであったために、妻がほとんど付きっ切りとなってこの食事法で健夫に食事を与えていました。妻はチューブを使っての食事を行う前からも、健夫の食事の面倒をほとんど見ていました。時折、養護学校にも昼食事時には出掛けて行って食べさせていましたが、チューブを使用してからはほとんど毎回出掛けて行って、液状の栄養剤を与えることになりました。

成長にともなう喉の骨の発達が気孔を狭め、呼吸も困難な状態になってきていました。その息遣いは苦しそうで、そばにいる私たちも息苦しくなってしまいそうなほどに進んでいました。呼吸をスムーズにする気道を確保するためには、発達した喉の骨を取り除かなければならない旨を医師から告げられ、その手術を二〇〇二年八月一五日に行いました。この手術は喉に穴を開けて行うもので、開けられた穴が肺への空気の出入り口となるものでした。この手術の後は息遣いが非常に楽になり、安堵感を持ちましたが、喉の穴は開きっぱなしになっているので、細菌類の進入を防ぐためにその周辺は常に清潔に保っておかなければなりません。消毒をしたりガーゼの取替をするなど、妻はかなり気を使って作業をしていました。また、喉に溜まる痰《たん》を取り除くために時々吸引をしなければなりません。この作業も医療に従事している者か親族の者にしか許されません。妻がほとんど行っていました。

　手術前には息遣いが荒く、そばにいるわれわれも気が気ではない思いがありましたが、手術後はその息遣いが非常に楽になって本当に良かったな、と思ったのもつかの間、その三カ月半後に二男は短い生涯を閉じてしまいました。

（二）家族の現況

子どもたちは私たち親が心配をすることもなく、それぞれが自分たちで相手を見つけて結婚しました。子どもたち皆が独立した現在、我が家は私たち夫婦二人のみの生活となりました。いずれ、子どもたちは親元を離れていくものだとは思っていましたが、それが現実になるとやはり寂しいものです。幸い、長女夫婦が近所にいますので、時々、行き来をし、食事を一緒にしたり、どこかへ出掛けたりして寂しさを紛らすことができています。二〇〇七年一〇月二日にこの長女夫婦にも初めての子が誕生し、家族も増えてにぎやかになりました。女の子で、退院してきてからの約一カ月間は我が家で長女もともに暮らしていましたので、今までのわれわれ夫婦の二人暮らしから一変して、何となくあわただしい雰囲気になっていました。長女は仕事を持ちながらの子育てとなるため、特に妻が長女の赤ん坊の面倒を見ることとなって、これからも忙しい思いをすることになるでしょう。

2007年2月10日、還暦祝いの夕食会で。

二女夫婦はもう二人の男の子をもうけ、年子ということもあって、子育てに忙しい日々を送っているといった様子です。

長男夫婦には今のところ子どもができる兆候はないようです。共働きということもあって、二人にはいろいろと考えるところがあるのでしょう。

私は二〇〇七年一月四日に満六〇歳の誕生日を迎え、還暦を迎えました。子どもたちが還暦のお祝いをしてくれました。誕生日からほぼ一カ月後の二月一

○日に八王子市のレストランで食事会を開いてくれ、還暦につきものの「赤いちゃんちゃんこ」ならぬ、赤系のセーターを贈ってくれました。大病を患ったせいか、「身体に気を付けて、長生きをしてください。」との長男の言葉には、身にしみるものがあり、感激の一夜を過ごすことができました。子どもたちも何とかまともに育ってくれたと、感謝の念を抱いた一夜でもありました。

妻は二男の看護に長く携わっていたその経験を活かし、ホームヘルパー二級の資格を取り、現在、訪問介護のパートをしています。日本は長寿国となり、お年寄りが多くなって一人暮らしの方やご夫婦お二人だけで暮らしている方が多く、介護を必要とするお年寄りも年々多くなってきているようです。妻が携わる仕事はこれからますます必要になってくるものと思われます。

信仰

私は創価学会の信者です。今回のがんに罹《かか》って治療を受け日常生活をしていく上で、その信仰が影響していたことは少なからぬものがありますので、触れておきたいと思います。

私は一九歳の時に創価学会に入信し、現在もその信仰を続けています。妻も私との結婚を機に入信しました。創価学会についてはいろいろな評価がなされています。私が入信した一九六六年（昭和四一年）当時は、暴力宗教、悪徳宗教、病人と貧乏人の集団等、良い評価が全くない宗教団体でした。しかし、若い人たちの入信者が多く、私も何回かの勧誘に対して、反対意思を強烈に披瀝した時もありましたが、「なぜ、多くの若者が入信するのだろう。何か惹きつけるものがあるに違いない。」との思いもあり、特に悩み事があったわけではありませんでしたが「何が若者を惹きつけるのか。それを確かめてみよう。」との思いから入信を決意しました。

現在の創価学会の評価は当時のような酷評ほどのものは少なくなっているように思われますが、それでも一部にはまだ往年の評判を引きずって、斜視で見る人やマスコミが存在しています。

一般的には、信仰を持つ、あるいは信心している、というと、どうも精神的に弱い人が頼るもののように見られてしまいがちです。挙句の果てには、だまされて家も財産も取られ、身を滅ぼしてしまう、という悪徳宗教を信じているのではないかと見る人もいるようです。一方では、自分には宗教なんか関係ない、とか宗教心は全くありません、と明言され、日ごろは宗教とは縁がないように振舞っている人も多いと思いますが、特定の宗教を信じているとの意識はないものの、何等かの形で、宗教に関わっている場合が多くあります。家には代々引き継いできている宗教があるとか、宗教に関係する年中行事に参加している人は、事実、たくさんいらっしゃいます。また、特に悩み事があって、その悩みを解決したいとの思いから思わず「神様、助けてください」などと手を合わせてしまう人も多いのではないでしょうか。つまるところ、人間は誰もが宗教心を持っていると言えるのではないでしょうか。「人間が他の動物と大きく違う点は、宗教を持っていることである。」とも言われています。

「宗教」の「宗」という字は「家」を意味する文字であり、「もと」の意味もあるとされています。つまり、その家の方向を指し教えるとか、人のもとを教えるとか、の意味合いもあり、もともとは人が幸福になる道を説くものであるはずです。本来、「宗教」は人間が生きていく上で、大切なものであると言われています。その反動とも言える現象として、日本では、宗教団体と名乗っている団体は、文部科学省と各都道府県から法人の認可を受けているものが合わせて約一八〇〇〇以上もあります。このような多くの「宗教」の中で、「人が幸福になる道を説く」ものはどれほどあるのでしょうか。実体のない形だけのものとか、その宗教のもととなる一番大事な教義すらないとか、教義が明確になっていないものとか、お金儲け目当てだけのものとか、かなりいいかげんなものも多いようです。

それはさて置き、ともかく私は創価学会の信仰を現在まで、四一年間続けています。その創価学会の信仰とはどういうものかをここで事細かに述べるつもりはありませんが、簡単に触れてみることにします。

創価学会は、鎌倉時代に宗派を起こされた、日蓮大聖人《にちれんだいしょうにん》（一般には「日蓮聖人」と呼称されていますが、私たちはこう呼んでいますので、以降もこの呼び名で表示します）の教義を基としています。日蓮大聖人の教義を基とした、いわゆる日蓮仏法は、その大本《おおもと》は仏教であり、釈迦が説いた八万法蔵《はちまんほうぞう》とも言われる膨大な仏典の中でも「妙法連華経《みょうほうれんげきょう》」（一般に「法華経《ほけきょう》」と言われている）を基とされています。信仰の対象は日蓮大聖人が著された「御本尊」です。この「御本尊」に向かって「妙法蓮華経」の重要なお経の一部を読誦《どくじゅ》し、「南無妙《なんみょう》法蓮華経《ほうれんげきょう》」と唱える行為、これを勤行《ごんぎょう》と言っていますが、これを行うことを基本に、個々人が幸せになることを目的とし、この信仰を広めていく活動を行っています。活動の中には、日蓮大聖人が著された数多くの著作物を学び、信仰の必要性とその内容を知ることによって、より信仰を深めていく手だてとしています。

日蓮大聖人の著作物は、日蓮正宗《にちれんしょうしゅう》の第五九世法主《はっす》堀日亨《ほりにちこう》上人が編集され、創価学会第二代会長の戸田城聖先生が出版願主となって、創価学会が発行した「日蓮大聖人御書《ごしょ》全集」にすべて納められています。日本史の教科書にも載っています有名な「立正安国論《りっしょうあんこくろん》」や重書とされている「観心本尊抄《かんじんのほんぞんしょう》」「開目抄《かいもくしょう》」「報恩抄《ほうおんしょう》」「如説修行抄《にょせつしゅぎょうしょう》」など、日蓮大聖人の真髄である教えそのもののご文書《もんじょ》や当時のお弟子さん・信者の方々に与えられたご消息文《しょうそくぶん》（お手紙に当たるもの）などが、私たちの信仰に欠かせない学習の対象になっています。これら日蓮大聖人が執筆された文書を学ぶにあたって、池田大作創価学会名誉会長が著されている多くの「講義」や「解説書」等を参考にしていますが、現在のわれわれにもわかりやすく理解できるものとなっています。

創価学会は会員の団結力が強いことでも知られています。しっかりした組織力で、会員相互の信仰への向上を図っています。信仰を持っている会員といえども、生身の人間ですから悩みがいろいろ起こってくるものです。悩みがあるから信仰も続けられ、強くなっていくものですが、逆に悩みが信仰心の妨げにもなる場合があります。この組織力が、会員同士を励まし、念念に起こってくる悩みを解決していく助力にもなっています。

私が胃がんに罹《かか》った時も近所の創価学会員の方たちが励ましてくれ、手術の時は成功を祈って唱題《しょうだい》（ご本尊に向かって「南妙法蓮華経《なんみょうほうれんげきょう》」と唱える行為）を続けてくれていました。また、私たちが尊敬している池田大作名誉会長からも激励をいただき、「がんを克服するぞ」との思いが強くなっていきました。

日蓮仏法では、他の宗教のように神や阿弥陀仏を人間の存在とは別のものとして、他に置いているのではなく、慈悲と勇気に満ちた「仏」という最高の境涯がすべての人間に現存しており、それを人生の中で現していくことを教えています。ただ、その「仏」の境涯がなかなか現れてこなく、多くの人はもっと低い境涯・生命状態の中で右往左往している、と説いています。

仏教には十界という生命観があります。それは人間の生命には大きく、「地獄《じごく》」「餓鬼《がき》」「畜生《ちくしょう》」「修羅《しゅら》」「人《にん》」「天《てん》」「声聞《しょうもん》」「縁覚《えんかく》」「菩薩《ぼさつ》」「仏《ほとけ》」の十の世界（生命状態・境涯）があるとするものです。これらの中には日常よく耳にする言葉もあります。これら十の世界がさらに細かく分けられて、全部で三千の生命の状態が存在している、というものです。この三千の生命状態が「一念」の中に収まっている、三千の世界が一念で自由に操《あやつ》れるという「一念三千」を可能にすることを説いています。しかし、これはとてもわれわれ凡人にはでき得ることではありません。日蓮大聖人が天台大師が著された「摩可《まか》止観《しかん》」をもとに説かれた「三千大千世界、念念にして起こるなり」との文言は、われわれの生命状態が一瞬一瞬に変化している、との意味合いであることが、私でも理解できる範疇《はんちゅう》にあります。このことは、一般的に言われている喜怒《きど》哀楽《あいらく》という感情が人間の心に起こることを引いて説明するとよりわかりやすいと思います。私たちは「喜」という一つの感情だけをずっと持ちつづけることはできず、短時間で「怒」になったり、「哀」になったり、「楽」に変化したりします。しかも、これらの感情は、外部の事柄を見たり聞いたりする、つまり外部の物事に縁することによって現れてくることが多いものです。仏教では、前述したように、人間の生命状態を三千に分けていますが、その生命状態は何かに縁することによって現れ、一瞬一瞬に変化するものである、と説いています。ここで、もう少し踏み込んで、説明したいと思いますが、先の三千世界の説明はかえってわかりにくいものになりますので、「地獄」から「仏」の十の世界で説明することにします。

この十の世界は人間の生命状態・境涯を言い、人間誰しもがその生命の中に持っていると説かれています。「地獄」が一番下位の状態で、苦しみに支配された生命状態のことであり、順次、「餓鬼」「畜生」「修羅」「人」「天」「声聞」「縁覚」「菩薩」「仏」と上位の状態になるものです。「仏」は最高の生命状態・境涯で、なに不自由なく、思うとおりの生活が送れるとされており、一般にはこの状態になることはほとんどない、とされ、中でもわれわれ普通の人間が日常生活を送っていくところでは、「地獄」から「天」の六つの世界を行ったり来たりしているとされています。これを「六道輪廻《ろくどうりんね》」と表現されています。まれに「声聞」「縁覚」「菩薩」の状態が現れ、「仏」の状態はほとんど現れないと説かれ、それら十の世界は外部との縁によって現れてくる、と説かれています。

日蓮大聖人は「仏」の生命としてのご本尊を表わされ、私たちは日ごろ、このご本尊に向かって勤行をし、唱題を上げる行為を行っています。つまり、ご本尊に祈るという行為によって、自分の生命にある「仏」を現出させ、その境涯になっていこう、とするものです。前述のように、自分の意思だけで「仏」を表わすことはそうたやすいことではありませんので、ご本尊という仏の生命に縁することによって、「仏」を現そうとするものです。これは、ご本尊に頼る行為ではなく、ご本尊に縁することによって、自分の中にある「仏」の生命を引き出そうとする行為、ということになります。言い換えれば、自分の中にある強い生命力を引き出して、その時々の悩みに挑み、対処して、その悩みを克服していこう、とするものです。そして、幸せの境涯を得ていこう、とするものです。しかし、この祈るという行為を実践していても、われわれ凡人ではなかなか真剣になれず、いろいろな思いが頭をよぎってきます。多くの煩悩《ぼんのう》が邪魔をしてしまいます。自分の中にある「仏」を湧現させることは非常に難しいことです。

一方では、創価学会は社会的にも種々の活動を行っており、平和な社会をつくることによって、個々人がより過ごしやすい環境に身を置き、幸福な境涯を得るよう目指しています。

非常に簡単に書いたつもりですが、何ページかを要してしまいました。私が言いたかったことは、「日蓮大聖人の教えを基とした創価学会の信心は、世間一般で言われている『信心は受け身なもの、頼るもの』というものではなく、能動の信心であり、積極的に自分の境涯を開いていくものである。」ということです。

創価学会では多くの出版物（聖教新聞社、潮出版社、第三文明社等から出版されている新聞・雑誌・図書等）を刊行しています。それらを読んでいただくことで、創価学会の信仰についてより詳しくおわかりいただけるものと思います。

胃がんは怖い病気か

がんはやはり怖い病気だと思います。何時どこにできて身体をむしばみ、死に到らしめるかわかりません。日本では、死亡原因の第一位ががんであり、他の死亡原因に比して圧倒的に多いということが怖い病気の表れでもあると言えます。

厚生労働省大臣官房統計情報部が出している「人口動態統計」による「主要死因別にみた死亡率」を見てみますと、一八九九年（明治三二年）から示されている統計では「悪性新生物（いわゆる「がん」）」は上昇の一途をたどり一九八〇年（昭和五五年）を境に第一位となり、死亡原因の三割近くにまで達しています。一九五〇年（昭和二五年）までは「結核」や「脳血管疾患」が多く、一九五〇年を境に「結核」は大幅に減少して、「脳血管疾患」が一九八〇年まで第一位となっていました。その後、「心疾患」が増加してきていたのですが、二〇〇五年には「悪性新生物」は第二位の「心疾患」の二倍近くまでに増え、死亡原因全体の四割近くに達し、圧倒的に他の死亡原因よりも多くなってきています。怖い病気であることはこれら統計上からも明らかなことです。

　がんの怖さは発症する原因がよくわからない、何時どこにできるのか、できたとしても自覚症状がすぐには現れず、そうこうしているうちにあちこちに転移して身体がむしばまれていってしまう、ということにあります。自覚症状が見られた時には既に手遅れで、死を迎えなければならない段階にまで来てしまっていた、という場合が多く見られています。専門家からはがんに罹《かか》らない術《すべ》がいろいろ言われていますが、その予防法に明確なものはないと言えるのではないでしょうか。発症してもその発症したところによっては早期の発見であれば、手術により除去したり、放射線治療で治癒することはあるものの、それで完全にがんを身体から退治してしまい、その後は安心して生活できるというところまでには達していないのが現実です。

このように怖いがんでも、「胃がん」は日本人が最も多く罹るがんでその死亡率も高かったのですが、最近では発見しやすく、その治療法もかなり進んでおり、他のがんよりも治癒《ちゆ》率が上がってきています。現在では、決して、怖い病気とは言えなくなってきているとも思えます。しかし、そのためには一年に最低でも一回は健康診断を受け、その早期発見に努め治療しなければならないと言えます。

日本の医学界では手術によってがんを完全に取り除くことが一番有効な方法であることが定着しているようです。その方法にも最近は大きく患部の部分を切り開く方法から、がんのできた患部によっては僅かな切開をして、そこから内視鏡を挿入しがんを切り取ることができるという方法が行われるようになってきました。この方法は患者にとっては手術による負担が少なく、手術後の回復も早くなって、とても喜ばしいことだと思います。胃がんの場合は内視鏡に

よるがん除去術がかなりの効果を上げ、患者への負担が大幅に改善されていま
す。プロ野球・ソフトバンクの王貞治監督が二〇〇六年七月にこの手術法によ
って胃がんを除去したことがニュースとなり、世間的にも有名になりました。
しかし、私のような開腹術による場合も王監督のように内視鏡による場合も、
胃の全部もしくは一部を取り去ってしまうことには変わりはなく、その後の後
遺症による生活は今まで記述してきましたように、かなりの不具合・不都合・
不便さ・不自由さをともなうものとなっています。「死ぬよりはましであろ
う」と言われてしまえばそれまでですが、生活上の不具合・不都合を多分に感
じながらの生活からは、何とか逃れたいとの思いは強いものがあります。おそ
らく、このような体験をした人でなければわからないことであろうと思います。
一緒に生活している妻でさえ、私に起きている身体上の現象を傍で見ていても
かなりの理解をしてくれているとは言い難いものがあります。経験していない
人が一〇〇パーセント理解することは先ずあり得ず、無理からぬことです。
がんに関する著作物は非常に多くあります。すべてに目を通しているわけで

はありませんが、最近のもので、私が日ごろ読んでいる総合雑誌「潮」の二〇〇七年二月号（通巻五七六号）に、『「がん対策」最前線』と言う特別企画が組まれていました。その中で、「がん大国日本はがん対策後進国」と題して、東京大学医学部助教授（著作当時）の中川恵一先生が文書を寄せられています。中川先生は、がん治療の中でも特に放射線治療に取り組んでおられ、著作物も多く、第一線で活躍されている先生です。中川先生がこの文書の中で指摘されている何点かを紹介させていただきます。

①日本が世界一のがん大国であるが、それは世界一の長寿国となり、二人に一人ががんで死ぬほど長生きをする国になったからだ。平均寿命が三〇歳台の国では、がんに罹る前に他の要因で死亡する場合が多い。

②先進国では「がん登録」という制度があり、がん患者が発生したら、がんの種類・進行・治療・後遺症・生存率などの情報を病院が登録し、国が管理するというシステムができているが、日本ではまだない。先進国でこ

の制度がないのは日本だけである。このことは日本のがん対策の遅れを示している。

③がんは社会背景と密接に関係している病気で、時代、国によって、その種類が異なっている。かつて、日本で最も多かったのは胃がんであり、一九六〇年のがん死亡の内訳では、胃がんは男性が三分の二、女性が半数に達していたが、九〇年代に入って、胃がんの罹患《りかん》率、死亡ともに減少し、肺がん、大腸がん、前立腺がん、乳がんが増加してきている。アメリカでも一九三〇年代には胃がんでの死亡率がトップであったが、現在では珍しいがんになってきている。日本も食の欧米化や生活習慣の変化に伴い欧米型のがんが増加してきている。

④がん治療として有効であると科学的に認められているのは「手術」「放射線治療」「化学療法（抗がん剤）」の三つだけである。日本のがん治療は世界一手術偏重であるが、それは胃がんが多かったことで、胃がんは手術が非常に有効な治療である、という特異性があった。肺がん、乳がん、前立

腺がん、大腸がんなどは手術だけでは立ち向かえなく、放射線治療が必要である。欧米のがん患者の六〇パーセント以上が放射線治療を受けているが、日本では二五パーセントにしか過ぎず、世界一放射線治療が行われていない国である。

⑤放射線治療はかなり多くの種類の初期がんで手術と同じ治癒《ちゆ》率をもたらしており、患者への負担が少なくて済む。ところが、日本では放射線治療の体制が整っておらず、マンパワーの圧倒的な不足、病院における放射線科の不充分な対応が指摘される。また、高齢者のがん治療には手術には耐えられないが、放射線治療であれば受診可能であるという場合が多い。

⑥病気を根本から治すことも大切であるが、苦しい症状を軽減することも一方で重要な医療の役割である。この「緩和ケア」と言われるものが日本の医療では抜け落ちてきている。現在日本では、がん患者の五年生存率は五〇パーセント弱であり、あとの五〇パーセント強のがん患者には「緩和ケア」が必要である。

等と指摘され、「確かにがんの完治も必要ですが、がんは脳卒中や心臓病に比べてかなり穏やかに進行する病気です。死ぬまでに半年から多くは一、二年の猶予があります。その余命の中で大切なのが緩和ケアです。がん治療という観点だけでなく、『死ぬまでにどう生きるか』ということを日本人はもう一度きちんと考える必要がある時に来ているのではないでしょうか。」と結ばれています。

この特別企画には他に、「緩和ケア」について、諏訪中央病院名誉院長の鎌田實氏とエッセイストの岸本葉子氏の「緩和ケアが広がれば医療はもっと温かくなる」と題する対談とフリーライターの井上邦彦氏の執筆による「市立秋田総合病院〝緩和ケアチーム〟の取り組み」と題するルポルタージュが掲載されています。

そこでは、がん患者が経験する「痛み」と「抗がん剤の副作用」からくる苦しみをいかに緩和し、取り除いていくかの大切さが述べられています。がんを完治することは医学界の最大の課題であることは、そのとおりであると思われますが、そのことのみに注目されてきている現在の医療のあり方を見直すよう、医療現場は対策を考えるべきであることを訴えておられます。

行く末

当初は、がんに罹って自分の命はあと何年くらいかなと漠然と思い、「胃の全摘手術を受けたものの、がんの完治はあり得るのか。」との思いと「絶対に完治して、健康な身体を取り戻す。」との思いが交差していました。手術後二カ月間は脱力感からか、何となく時を過ごしてしまいましたが、その後は絶対に健康な身体になる、との思いが強くなって、前述の信心面での唱題に力が入っていきました。

がんに罹って二年目ぐらいから、「今後自分の身体がどうなるかわからない、このまま現在の仕事を続けられるかどうか、がんの再発もあるかもしれないが、生を受けている以上は精一杯頑張っていくしかない。」と思い、ともかく与えられた生命の残された期間を悔いなく過ごすにはどうするかを考えました。それには何か目的を持ち、それを成就させるために行動をしていくことがよいのではないか、と思いました。時々テレビのドキュメンタリー番組で、がん患者の生活を紹介しているものを見ますが、そこでは、患者が眼前に明確な目的を持って行動し、それが生きていく上での大きな生甲斐となって、がんに負けない姿が映し出されています。中にはがん細胞がより少なくなっている例や、なくなってしまった例が紹介されています。

前述の信仰は生涯のものですが、それを行っていくことは目的と言うよりは生活上の基盤となるものだと思います。もっと具体的にこうしたい、こうなりたい、というものを持つことは信仰の有無にかかわらず、人間として生きていく上では必要なことです。現在の仕事は定年が来て退職すれば、それで終わってしまいます。定年後でもできる仕事は何かを考えてみました。

そこで、あること（まだ明確に言えない段階ですが）に挑戦してみることにしました。いざ挑戦してみると仕事を持っていることもあって、なかなか思うようにはいきません。私の挑戦している姿勢からは、緊迫感を持った身の入れようが不足しているために、その目的達成がまだまだ遠いところにあることは、私自身がよくわかっているところです。どうも安易な方向に流されてしまう傾向にあり自分の弱さにあきれてもいます。現在はまだ挑戦中ですが、この挑戦は私に目的意識を持たせ、一種の張り合いとなって、病気に負けてなるものか、といった意識をより強く持たせるものとなっているように思います。

病気であるがゆえに弱気になりがちな自分を奮い立たせることが必要だと思いますが、単に病気なんかに負けてたまるか、との思いだけではなく、自分はこうなりたい、こうしたい、というような具体的な目標を持って、それに挑戦していくという行動が、特に意識をすることはないにしても、あるいは病気に対する治癒力へのエネルギーになっているのかもしれません。

私の場合は、がんの除去手術とその後の治療経過が非常に良好であったことは明白な事実であり、手術に携わっていただいた日野市立病院の先生方や看護師の方々、そして、その後の治療にあたってくださっている森末先生には深く感謝しています。

また、前述の信仰を持っていることが生活をしていく上での基本となっているものの、それにこの目的意識を持って挑戦しているものがあるということが、仕事に復帰し、それを続けていくことを可能としてきて、いろいろ生活上の不具合・不都合があるにもかかわらず、何とか普通の生活ができ、がんの再発をも回避できてきたのではないかと思っています。

あとがき

「生」を受けたものはいつか必ず「死」を迎えます。これは自然の摂理であり、誰もが避けることはできません。不治の病とされた「がんの宣告」を受けることは「死の宣告」を受けることと同じであるという時代がありました。これまでも触れてきましたように、日本では、がんは死亡原因のトップとなっている病気であり、怖い病気です。しかし、治癒率も上がってきて、罹ったら死は免れないという不治の病でもなくなりつつあります。

多くの方は、自分だけはがんに罹ることはないと思っていらっしゃるかもしれません。しかし、がんに罹る人は統計上も増加してきており、それによって亡くなる人も多くなってきていることは紛れもない事実です。がんはいつ何時にどこで発するかはわかりませんし、発症してもほとんど気が付かず、知らないうちに進行していきます。身体に今は特段異常を感じられていない方でも定期的に健康診断を受けられることを強くお勧めします。それが、がんの早期発見につながり、大切な生命を無為に縮めることとしないための最良の方策であるからです。

私が胃がんの摘出手術を受け、約七年を過ごしてきた記録をここに記述しましたが、すべてを表現できたわけではありません。がんの再発という不安を抱えての生活や胃がないという一種のハンディを負った生活を送ってきましたが、その生活態度としては、決して後ろ向きではなく、むしろ前向きに過ごしてきたと思っています。

池田大作創価学会名誉会長は、「楽観主義」についてその必要性を述べておられます。私はがん患者として、これが基でやがて近い将来には死ぬのではないか、と多少は思ったものの、その思いに滅入ることはなく、楽観的な気持ちと、今後の自分の目的を明確に持ち、それを達成するために頑張っていこう、との気持ちを強く持って生活を送ってきているつもりです。

今回の体験を通して、人間の身体は大したものだとつくづく思っています。胃という大事な臓器を取り去ってしまっても生き長らえることができる。その生命力に驚きもし、決してあきらめることなく、自分の生命を全うしていくという決意にも似た強い意思を持つことで、自らに課せられたマイナスの要因をゼロにもプラスにも押し上げていくことが可能になる、と感じてもいます。

もしも、この私の雑文に触れた方で、がんに罹った方であれば、何か参考になることがあるのではないかと思っています。そのお役に少しでも立てれば、この記録を書いた甲斐があるとも思っています。

著者略歴

冨田和正（とみた　かずまさ）

一九四七年一月四日
　富山県西砺波郡戸出町（現・高岡市）で出生
一九六五年三月
　富山県立高岡高等学校卒業
一九六九年三月
　中央大学法学部法律学科卒業
一九六九年四月
　中央大学勤務、現在に到る

生生世世《しょうじょうせぜ》　胃がん摘出によって今少し生き長らえることを許された男の記録

二〇〇八年一月四日　発行

著者　………　冨田和正
発行者　……　福田孝志
発行所　……　中央大学出版部
　東京都八王子市東中野七四二-一
　〒一九二-〇三九三
　電話　〇四二（六七四）二三五一
　ＦＡＸ　〇四二（六七四）二三五四
　http://www2.chuo-u.ac.jp/up/

印刷・製本　…　ニシキ印刷株式会社

ISBN978-4-8057-6168-7